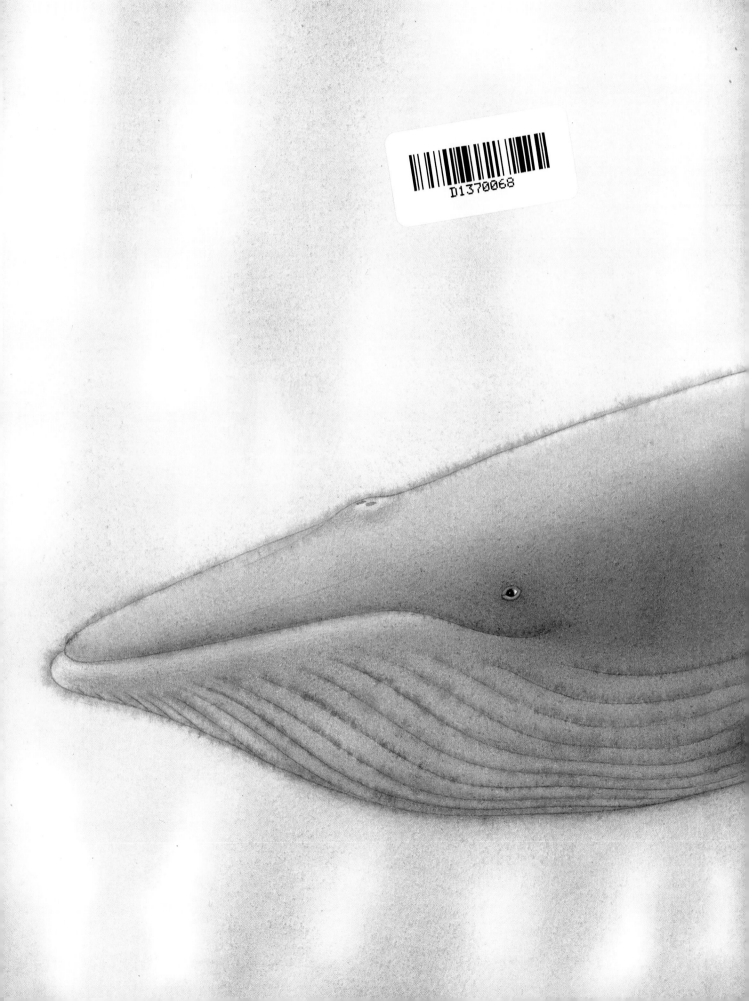

D1370068

à Davy Sidjanski

© 1998 Éditions Nord-Sud, pour l'édition en langue française
© 1998 Nord-Süd Verlag AG, Gossau Zurich, Suisse
Tous droits réservés. Imprimé en Belgique
Loi n° 49-956 du 16 juillet 1949 sur les publications destinées à la jeunesse
Dépôt légal: 3ᵉ trimestre 1998
ISBN 3 314 21158 9

2ᵉ tirage 1998

Arc-en-ciel
fait la paix

Une histoire écrite et illustrée par Marcus Pfister
Traduction de Géraldine Elschner

Éditions Nord-Sud

De loin déjà, on aperçoit Arc-en-ciel
et ses amis au fond de l'océan: ils scintillent
dans l'eau de mille reflets changeants.
Seul un petit poisson rayé n'a pas d'écaille
brillante comme les autres, mais cela
ne l'empêche pas de faire partie de la famille.
Heureux, les poissons vont et viennent,
portés par le courant.

Ici, ils ont vraiment tout ce qu'il leur faut.
Des milliers de minuscules bestioles
et de morceaux d'algues flottent dans la mer,
si petits qu'on les voit à peine.
Quand ils ont faim, Arc-en-ciel et ses amis
n'ont qu'à ouvrir la bouche en se laissant
glisser dans l'eau, puis ils avalent et se régalent.
C'est le rêve.

Une belle baleine bleue, qui vit paisiblement
non loin de là, se régale tout autant qu'eux.
Elle aime cet endroit où la nourriture
est si abondante. Mais elle aime surtout
le voisinage des beaux petits poissons.
Elle pourrait passer des heures à admirer
leurs jolies taches de lumière qui brillent
au fond de l'océan.

Un matin, Zigzag surprend ainsi la baleine
en train de les observer.
Qu'a-t-elle donc à nous regarder comme ça?
se demande le gros poisson aux nageoires
dentelées. Il est de très mauvaise humeur
aujourd'hui.
«Regardez comme elle nous surveille, dit-il
aux autres. Je me demande ce qu'elle mijote!»

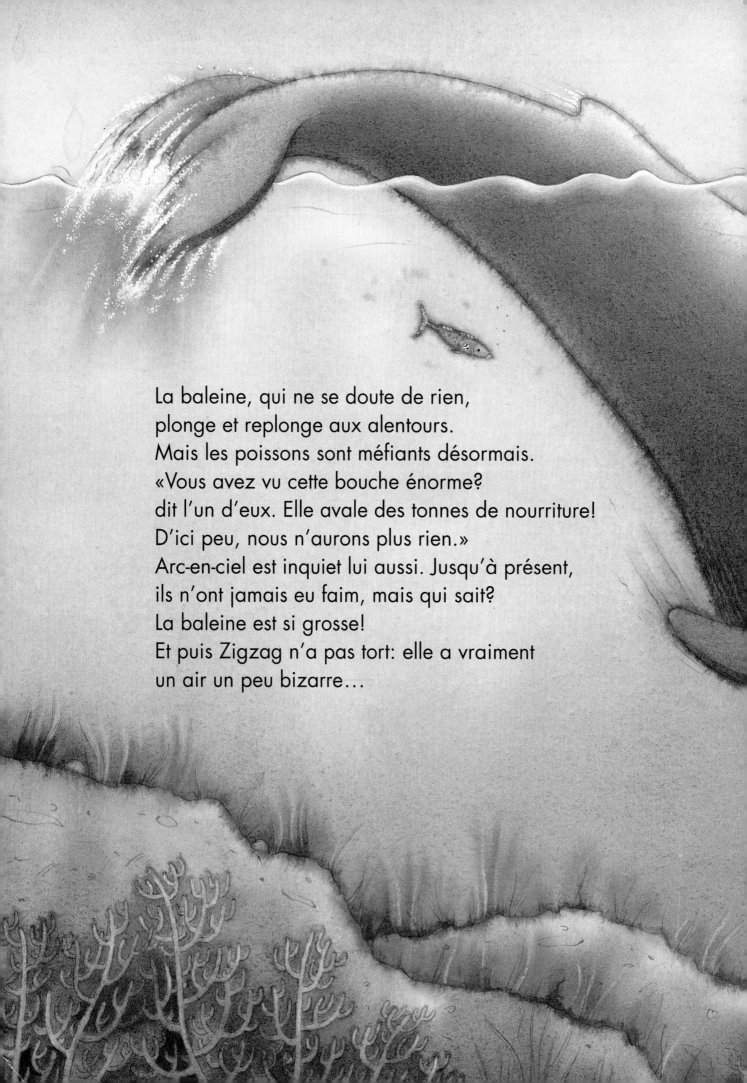

La baleine, qui ne se doute de rien,
plonge et replonge aux alentours.
Mais les poissons sont méfiants désormais.
«Vous avez vu cette bouche énorme?
dit l'un d'eux. Elle avale des tonnes de nourriture!
D'ici peu, nous n'aurons plus rien.»
Arc-en-ciel est inquiet lui aussi. Jusqu'à présent,
ils n'ont jamais eu faim, mais qui sait?
La baleine est si grosse!
Et puis Zigzag n'a pas tort: elle a vraiment
un air un peu bizarre…

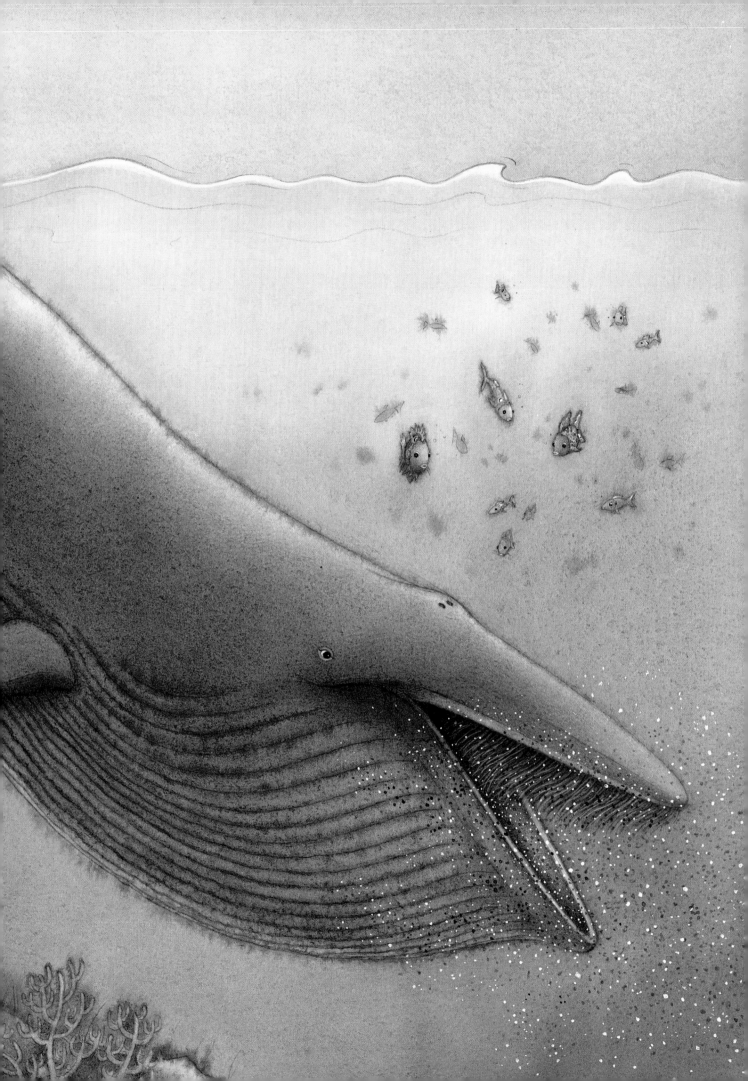

Un beau jour, la baleine entend ce qu'ils racontent.
Tout d'abord, elle est très déçue – et puis très fâchée.
Je vais leur donner une bonne leçon, se dit-elle.
Ils vont voir ce qu'ils vont voir!
Et la voilà qui fonce sur eux telle une tempête
qui se déchaîne. D'un grand coup de queue,
elle fait tourbillonner les eaux et propulse
les petits poissons dans tous les sens.

Effrayés, Arc-en-ciel et ses amis s'enfuient
vers une grotte qui leur sert de refuge.
Mais la baleine ne les lâche plus.
Sans pitié, elle les prend en chasse
et les poursuit jusqu'à la falaise.

C'est de justesse qu'ils atteignent leur cachette
au creux du rocher. Mais dehors, la baleine
passe et repasse en les regardant d'un œil noir.
«Qu'est-ce que je vous disais? chuchote Zigzag.
Ce monstre est dangereux. Il faut s'en méfier!»
Tout comme la tempête, la baleine finit pourtant
par se calmer. Après une dernière ronde,
elle s'éloigne enfin et disparaît
derrière les coraux.

Un à un, les petits poissons ressortent, tout chagrinés et affamés. Mais la colère de la baleine a laissé des traces. Ses coups de queue furieux n'ont pas seulement chassé les poissons: toute la nourriture a disparu, elle aussi!

«Vous vous souvenez comme nous étions heureux, avant? dit alors Arc-en-ciel à ses amis. Il y avait assez à manger pour nous tous! Maintenant, il ne reste plus rien. Tout le monde est malheureux quand on se dispute. Nous devons faire la paix.»

Les poissons sont d'accord. Mais ils ont bien
trop peur de la baleine pour oser aller la trouver.
Alors Arc-en-ciel se décide: il ira tout seul.
La baleine le regarde d'abord d'un air méfiant.
«Il faut qu'on parle, propose Arc-en-ciel.
Notre dispute ne profite à personne, au contraire.
Nous avons tous faim à présent, toi autant que nous.»

La baleine explique alors pourquoi elle s'est
mise en colère.
«Je ne voulais vous faire aucun mal», dit-elle.
Arc-en-ciel baisse les yeux.
«Et nous, nous avions peur que tu ne manges tout.
Tu es si grande, et puis tu nous épiais tout le temps…»
«Moi? Mais j'admirais vos jolies écailles!»
s'exclame la baleine.
Tous deux éclatent de rire.
«C'est vraiment trop bête, dit Arc-en-ciel.
Viens, partons ensemble chercher un nouveau
territoire.»

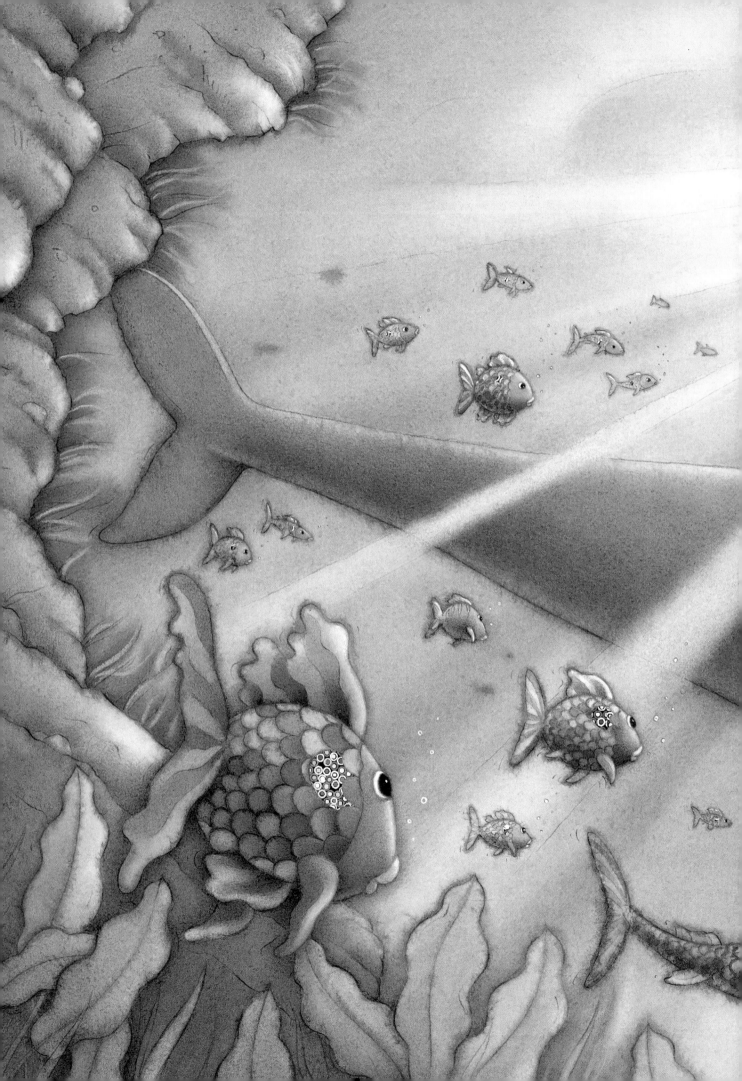

Arc-en-ciel rejoint aussitôt ses amis et leur raconte
ce qui s'est passé. Tout le monde se demande
déjà comment cette malheureuse dispute a bien
pu commencer.
Alors, suivis de leurs amis, Arc-en-ciel et la baleine
s'en vont nager en paix vers d'autres eaux.

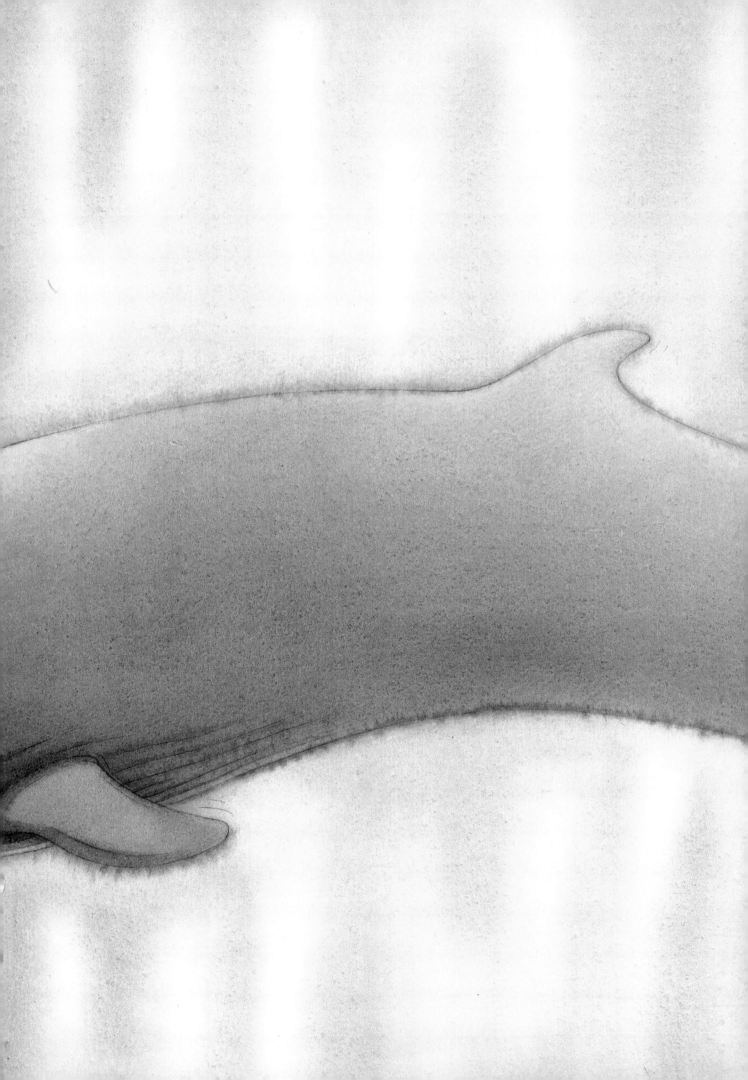